www.ingramcontent.com/pod-product-compliance
Lightning Source LLC
LaVergne TN
LVHW020442080526
838202LV00055B/5314

ہائے اللہ سانپ

ڈھلتی گرمیوں کی ایک سہانی شام تھی۔ آنگن میں پلنگ پڑے تھے۔ امی جان اور خالہ جان پڑوسنوں کے جھرمٹ میں بیٹھی حسب دستور تیری میری بُرائیاں کر رہی تھیں۔ سب کے منہ میں پان ٹھنسے تھے۔ ساتھ ہی سروتا بھی مدھر تانیں اڑا رہا تھا۔

نارنگی کے پیڑ کے پاس ہم محلے کے بچوں کو "عامل معمول" کا تماشا دکھا رہے تھے۔ ہم "عامل" تھے اور ہماری خالہ زاد بہن سیما "معمول"۔ ہم ابا جان کی کالی اچکن پہنے ہوئے تھے اور ہاتھ میں ایک ڈنڈا تھا۔ ہم نے ڈنڈا سیما کے منہ

کے سامنے لہرایا اور بولے "کالی مائی کلکتے والی
تیرا وار نہ جائے خالی - چھُو - چھُو - چھُو ——"
اور سیما جھُوٹ مُوٹ بے ہوش ہو کر پلنگ
پر گر پڑی - ہم نے اُس کے اُوپر چادر ڈال دی.
اور بچوّں سے بولے "دیکھیے صاحبان!
کیا ہی گنڈل مار کے بیٹھا ہے جوڑا سانپ کا.
اب ہم آپ کو جادُو کا کھیل دِکھائیں گا - مگر
پہلے آپ سڑک چھوڑ کر چار قدم آگے آ جائیں؛
ایسا نہ ہو کہ پولیس والا چالان کر دے - ٹھیک

ہے ۔اب بچّہ لوگ زور سے تالی بجائیے ۔

اور بچّہ لوگ نے اِتنی زور سے تالیاں بجائیں کہ امّی جان چیخ کر بولیں "اے بیٹے! کبھی تو چین سے بیٹھا کر ۔ توبہ ہے سارا گھر سر پر اُٹھا رکھا ہے ۔ موئی چھُٹّیاں کیا آتی ہیں ، میری جان کو مُصیبت آتی ہے ۔" یہ کہہ کر آپ ایک پڑوسن کی طرف مُڑیں اور بولیں " ہاں تو سروری! میں کیا کہہ رہی تھی ۔ ارے ہاں! یاد آیا ۔اِس موئے ماسٹر رحمت علی کا ذِکر تھا ۔بہن اِس کی مِثل تو وہ ہے کہ اِیتر کے گھر تیتر، باہر باندھوں کہ بھیتر! اوچھے آدمی کو خدا پیسا دیتا ہے تو وہ اِتراتا پھرتا ہے ۔ ۔ ۔"

امّی جان کی گاڑی نے پٹڑی بدلی تو ہم نے پھر کھیل شروع کر دیا " ہاں تو مہربان ! دیکھیے! ہم نے اِس لڑکی پر جادو کیا ہے ۔ اب اِس کا دماغ آئینے کے مانِک ہو گیا ہے ۔ہم اِس سے جو پوچھیں گا ۔ وہ یہ بالکل سچ سچ بتائیں گا ۔"

یہ کہہ کر ہم ریما سے بولے "اے لکڑی! ۔۔۔ آئی ایم سوری ۔ اے لڑکی! بتا تُو کون ؟

ریما بولی: "معمُول"

ہم بولے "اور ہم کون ہے؟"

بولی: "نامعقُول ہے"

ہم نے اِس کے پیر میں چُٹکی لی تو چیخ کر بولی ۔ "عامِل عامِل ۔"

ہم نے کہا "شاباش! اب بتا! جو پُوچھیں گا۔ بتائیں گا ؟"

وہ ناک میں بولی: "بتائیں گا ۔"

ہم بولے: "جو کھِلائیں گا وہ کھائیں گا ۔"

بولی: "جُوتے نہیں کھائیں گا ، باقی سب کچُھ کھائیں گا ۔"

ہم بولے: "کھانے سے پہلے یہ بتا کہ یہ لڑکا کون ہے ؟"

بولی: "آئی ۔ ایم سوری ۔ آپ نے اِتنی موٹی چادر اوڑھا دی ہے کہ ہم کو دِکھائی نہیں دیتا۔

بولی" اتنی زور سے نہ ہنس ۔ میری طبیعت خراب ہے ۔"

مچھیرے نے غور سے ان کی صورت دیکھی اور مسکرا کر بولا" اور اب تم کہاں جا رہے ہو ؟"

کسان بولا" ہم گاؤں جا رہے ہیں ۔"

مچھیرے نے کہا" گاؤں نہ جاؤ شہر جاؤ ۔ وہاں بہت بڑا پاگل خانہ ہے ۔ ہا ہا ہا ہا"

"تجھے کیا ۔" مچھیرے کا جال بولا ۔" تو چپ کے مچھلیاں پکڑ ۔" مچھیرے کی ڈر کے مارے گھگھی بندھ گئی ۔ اس نے جال زمین پر پٹخا اور بھاگ کھڑا ہوا ۔ آگے آگے کسان ۔ پیچھے پیچھے جولاہا اور مچھیرا ۔ بھاگے چلے جا رہے تھے ۔ راستے میں ایک دریا پڑا ۔ دریا میں ایک شخص نہا رہا تھا ۔ اس نے پوچھا ۔" بھائیو ! کہاں بھاگے جا رہے ہو ؟ کچھ مجھے بھی تو بتاؤ ۔"

کسان نے کہا" بھائی کیا بتاؤں ۔ میں کھیت میں نلائی کر رہا تھا کہ ایک آلو بولا" آہستہ کھرپی

چلا۔ تو نے تو مجھے زخمی کر دیا۔ اُف۔" میں نے گائے سے پوچھا۔"تو نے کچھ کہا؟" گائے بولی "میں نے تو کچھ نہیں کہا۔" میرا کتا بولا" آلو نے کہا تھا آہستہ کھرپی چلا۔"

" اور پھر میرے بھائی۔" جولاہا بولا "میں نے یہ یہ واقعہ سُنا تو بہت ہنسا۔ یکایک میری گٹھڑی ہلی اور اُس میں سے آواز آئی" اِتنی زور سے نہ ہنس۔ میری طبیعت خراب ہے۔"

" بالکل یہی واقعہ میرے ساتھ بھی ہُوا۔" مچھیرا چلاّ کر بولا"میں نے یہ کہانی سُنی تو زور کا قہقہہ لگایا اور پھر ____"

"پھر کیا ہُوا؟" اس شخص نے پُوچھا۔

"پھر یہ ہُوا میرے بھائی۔" مچھیرے نے اِدھر اُدھر دیکھ کر کہا" میرا جال زور سے ہِلا اور بولا" تجھے کیا۔ تو چل کے مچھلیاں پکڑ۔" " ہو ہو ہو ہو۔" وہ شخص ہنستے ہنستے دوہرا ہو گیا۔" جاؤ۔ کسی اور کو بے وقوف بناؤ۔ میں تمھاری باتوں میں آنے والا نہیں۔" ایکا ایکی

ہائے اللہ سانپ

(بچوں کی مزاحیہ کہانیاں)

مصنف:

سعید لخت

© Taemeer Publications

Haye Allah Saanp *(Kids stories)*

by: Sayeed Lakht

Edition: April '2023

Publisher & Printer:

Taemeer Publications, Hyderabad.

کتاب	:	**ہائے اللہ سانپ**
مصنف	:	**سعید لخت**
صنف	:	ادب اطفال
ناشر	:	تعمیر پبلی کیشنز (حیدرآباد، انڈیا)
زیر اہتمام	:	تعمیر ویب ڈیولپمنٹ، حیدرآباد
تدوین / تہذیب	:	مکرم نیاز
سالِ اشاعت	:	۲۰۲۳ء
تعداد	:	(پرنٹ آن ڈیمانڈ)
طابع	:	تعمیر پبلی کیشنز، حیدرآباد -۲۴
صفحات	:	۵۲
سرورق ڈیزائن	:	تعمیر ویب ڈیزائن

دریا میں ایک لہر اُٹھی اور اس لہر میں سے آواز آئی "جلدی باہر نکل کر کپڑے پہن لے ورنہ سردی لگ جائے گی۔"

وہ آدمی ہڑبڑا کر باہر نکلا اور اُلٹے سیدھے کپڑے پہن کر سر پر پاؤں رکھ کر بھاگا۔ کسان جولاہا اور مچھیرا بھی پیچھے پیچھے دوڑنے لگے۔

اب گاؤں آگیا تھا۔ چاروں بھاگتے ہوئے سردار کے

پاس پہنچے اور کسان بولا:

"حضورؑ غضب ہو گیا۔ دُہائی ہے۔ فریاد..."

سردار ڈانٹ کر بولا "بکو مت۔ صاف صاف بتاؤ کیا معاملہ ہے؟"

کِسان نے کہا "حضورؑ میں اپنے کھیت میں نلائی کر رہا تھا کہ ایک آلو بولا "آہستہ آہستہ کھُرپی چلا۔ تو نے تو مجھے زخمی کر دیا" میں نے

فہرست

(۱)	ہائے اللہ سانپ	7
(۲)	باادب باملاحظہ ہوشیار	21
(۳)	واہ رے عقل مند!	35
(۴)	آہاہاہا	43

تعارف

ایک مہذب اور صاف ستھرے سماج اور ملک و ملت کے زریں مستقبل کے لیے ادب اطفال کی جتنی ضرورت ہمیں کل تھی، آج بھی ہے۔ ان کہانیوں میں وعظ و پند کا شور نہیں بلکہ انسان دوستی اور ہمدردی کی دھیمی دھیمی اور بھینی بھینی مہک ہونی چاہیے۔

بچوں کے ادب کی زبان نہایت آسان ہونی چاہئے۔ طرز ادا اور اسلوب بیان ایسا ہو کہ بچے بخوشی انہیں پڑھیں، ان میں دلچسپی لیں، ان کو پڑھ کر مسرت محسوس کریں۔ کہانیوں میں مختلف دلچسپ واقعات کی شمولیت سے بچوں کی دلچسپی کو بڑھایا جا سکتا ہے۔

تعمیر پبلی کیشنز کی جانب سے سعید لخت کی تحریر کردہ چند مزاحیہ کہانیوں کا ایک جدید ایڈیشن شائع کیا جا رہا ہے۔

حیران ہو کر اِدھر اُدھر دیکھا مگر وہاں کوئی بھی نہ تھا۔ مجائے سے پوچھا" تو نے کچھ کہا۔؟" تو وہ بولی" میں نے تو کچھ نہیں کہا۔" گتے نے کہا" آلو نے کہا تھا، آہستہ آہستہ کھڑپی چلا۔" بس حضور یہ سُننا تھا کہ میرے تو اوسان خطا ہو گئے اور میں وہاں سے بے تحاشا بھاگا۔"

" اور حضور!" جولاہا بولا" میں نے یہ کہانی سنی تو مجھے بہت ہنسی آئی۔ حضور شاید یقین نہ کریں۔ میرے سر پر کپڑوں کی گٹھڑی تھی۔ وہ گٹھڑی مجھ سے بولی" اتنی زور سے نہ ہنس۔ میری طبیعت خراب ہے۔"

مچھیرے نے گلا صاف کیا اور بولا" یہ باتیں بھلا ماننے والی ہیں۔ ان لوگوں نے یہ واقعہ مجھے سُنایا تو میں نے بھی یقین نہیں کیا۔ مگر یکایک میرے جال میں حرکت ہوئی اور وہ بولا" تجھے کیا تو چل کر مچھلیاں پکڑ۔"

دریا میں نہانے والے آدمی نے ماتھے پر ہاتھ مارا اور بولا "حضور یہی بات میرے ساتھ ہوئی میں دریا میں نہا رہا تھا۔ یہ لوگ مجھے اپنی کہانی سُنا رہے تھے۔ یکایک ایک لہر آئی اور بولی: "جلدی باہر نکل اور کپڑے پہن۔ ورنہ سردی لگ جائے گی۔"

"یہ کیا بکواس ہے۔" سردار غُصّے سے چیخ کر بولا۔ "یا تو میں پاگل ہوں اور یا تم لوگ۔"

ایکا ایکی سردار کا اسٹول ہلا اور زور سے بولا "نہ تمُ پاگل ہو اور نہ یہ لوگ۔ میں پاگل ہوں۔ ہا ہا ہا۔"

***

ختم شد

باریک چادر اوڑھایئے۔ پھر بتایئں گا۔"

سب بچے کھلکھلا کر ہنس پڑے۔ ہم نے کھڑے ہو کر سر کھجایا اور سوچنے لگے بات کس طرح بنائیں کہ ایک دم گڑبڑ مچ گئی۔

ہمارا چھوٹا بھائی مسعود کمرے میں سے بھاگتا ہوا آیا۔ خوف کے مارے بُرا حال تھا۔ آنکھیں پھٹی ہوئی تھیں اور منہ سے جھاگ نکل رہا تھا۔ آتے ہی چیخ مار کر پلنگ پر چڑھ گیا اور بولا، "گھک گھک گھک" تمام عورتیں گھبرا گئیں۔ امی دوڑی آئیں اور بولیں "میرے لال! میری جان! ماں صدقے، ماں قربان بتا تو سہی کیا ہوا؟"

مسعود میاں آنکھیں اور منہ دونوں پھاڑ کر بولے "گھک گھک گھک گھک۔"

امی سر پیٹ کر بولیں: "ہے ہے! کسی آفت بلا سے ڈر گیا ہے۔ اللہ کی امان، پیروں کا سایہ، دوست شاد، دشمن ناشاد۔ نیکی کا بول بالا۔

بدی کا منھ کالا - بسم اللہِ الرّحمٰنِ الرّحیم ـــــ یٰسٓ وَالقرآنِ الحکیم ۔۔۔۔"

خالہ جان بولیں: "اے آپا - ہوش کے ناخن لو۔ یاسین تو مرتے وقت پڑھتے ہیں۔"

مسعود کی گھگھی بندھی ہوئی تھی۔ جب لاکھ پوچھنے پر بھی اس نے کچھ نہ بتایا تو ہم نے لپک کر دو چپت رسید کیے۔ آپ منھ بسور کر بولے: "مارتے کاہے کو ہو؟ کہہ تو رہے ہیں کہ اندر کمرے میں سانپ ہے، کرسی کے نیچے۔"

سانپ کا نام سن کر تمام عورتوں کو سانپ سونگھ گیا اور ہم بھی بغلیں جھانکنے لگے۔ مگر پھر ذرا ہمّت کی اور گلا صاف کر کے بولے: "مگر آپ کمرے میں کیوں گئے تھے؟"

مسعود صاحب بولے: "ہم الماری میں سے بسکٹ نکال رہے تھے۔" یہ کہہ کر آپ نے سر کھجایا اور جلدی سے بولے: "بسکٹ تھوڑی نکال رہے تھے۔ ہم تو ـــ ہم تو ـــ کیا نام اس کا ـــ"

بسکٹوں کا نام سُنا تو امّی سانپ کو تو گئیں بھول اور چیخ کر بولیں۔ "گھر میں کوئی چیز آ جائے۔ تو جب تک اُسے کھا پی کر ختم نہ کر دیں یہ بچّے تب تک مانتے تھوڑی ہیں۔ بیٹا! آج ہی تو تونے آٹھ بسکٹ کھائے تھے اور اب پھر آنکھ بچا کر الماری میں گھس گیا۔ توبہ ہے ایسے بچّے بھی میں نے۔۔۔۔"

خالہ جان بات کاٹ کر بولیں: "اے آپا! بسکٹوں کو چھوڑو۔ سانپ کی فکر کرو۔"

امّی گھبرا کے بولیں: "ارے ہاں! جا تو سعید! بیٹھک میں سے اپنے ابا جان کو بُلا لا۔ کہنا محلّے کے آٹھ دس آدمیوں کو بھی ساتھ لیتے آئیں۔"

اور ہم جا ہی رہے تھے کہ ابا جان موٹا سا ڈنڈا لے کر اندر آ گئے۔ کسی بچّے نے انھیں پہلے ہی سے خبر کر دی تھی۔ پیچھے چچا جان بھی تھے۔ آگے آگے یہ دونوں، ان کے پیچھے امّی اور خالہ جان اور ان کے پیچھے ہم کمرے میں داخل

ہُوئے۔ دائیں طرف کونے میں الماری تھی اور اس کے پاس ہی ایک کُرسی۔ برآمدے میں سے ہلکی ہلکی روشنی اندر آ رہی تھی اور اس دُھندلی روشنی

میں ہم نے دیکھا کہ کُرسی کے نیچے ایک پتلا سا کالا سیاہ ناگ کُنڈلی مارے بیٹھا ہے۔ ہمیں غش آنے کو تھا کہ ابّا جان نے آگے بڑھ کر کمرے کی بتّی جلا دی۔ سارا کمرا روشنی سے جگمگا اُٹھا۔ امّی جان نے اپنا وظیفہ شروع کر دیا۔ "اللہ کی امان۔ پیروں کا سایہ" ابّا جان۔ لاٹھی ہاتھ میں

پکڑے آہستہ آہستہ کرسی کی طرف بڑھے اور سانپ کو لاٹھی میں لپیٹ کر اوپر اٹھا لیا۔ مگر یہ کیسا سانپ تھا۔ نہ تو وہ تڑپا اور نہ اس نے بل کھایا۔ لاٹھی کے ساتھ اس طرح چلا آیا جیسے رسی ہو۔ ابا جان نے اسے ہاتھ میں پکڑ لیا اور بولے "لاحول ولاقوۃ۔ یہ تو ازار بند ہے ـــــــ"

اب تو اتنے قہقہے پڑے کہ کان پڑی آواز نہ آئی۔ مسعود میاں جھینپ کر بولے: "ہم نے دیکھا تھا تو یہ سانپ تھا۔ اب اس نے بھیس بدل لیا ہے۔"

اس ہڑبونگ میں رات کافی گزر گئی تھی۔ محلے کی عورتیں ایک ایک کر کے چلی گئیں اور ہم سب اپنی اپنی چارپائیوں پر لیٹ گئے۔ امی نے زور کی جمائی لی اور بولیں "سعید میاں! تمہارے سرہانے تپائی پر میں نے پانی کا جگ اور گلاس رکھ دیا ہے۔ رات کو پیاس لگے تو مجھے مت اٹھانا بیٹا! ماشاء اللہ 12 سال کے ہو گئے ہو، ابھی تک ڈرتے ہو؟"

ریما کھوں کھوں کرکے ہنسی تو ہمیں بہت غصّہ آیا۔ بولے" امّی! میں ڈرتا تھوڑی ہوں۔ میں تو یہ سوچتا ہوں کہ آپ کو بھی پیاس لگی ہو گی۔ جائیے۔ آج سے میں آپ کو نہیں اٹھاؤں گا۔"

ابّا جان بولے "میرا بیٹا بڑا بہادر ہے۔"

"اور کیا——" ہم سینہ پھُلا کر بولے۔" بڑا ہو کر میں تھانیدار بنوں گا اور سب سے پہلے ریما کو حوالات میں بند کروں گا۔"

ریما نے چادر تان لی اور بولی:" تھانیدار نہیں تو جمعدار ضرور بنو گے۔" یہ کہہ کر ہنسی اور آہستہ سے بولی "بھنگیوں کے۔"

ہم بھنّا کر ایک دم اُٹھ کر بیٹھ گئے اور تڑخ کر بولے:" دیکھیے امّی جان! اِسے سمجھا لیجیے ورنہ"

ابّا جان نے کہا:"بس اب پانی پت کی چوتھی لڑائی شروع ہو جائے گی۔ چلو ریما! تم شمال کی طرف منھ کرو اور سعید میاں! تم جنوب کی طرف۔ اب کوئی بولا تو اس کی خیر نہیں۔ شب بخیر۔"

ہم نے جواب دیا "شب بخیر!" اور آہستہ آہستہ نیند کی آغوش میں چلے گئے۔

اور ـــــ آدھی رات کو ہم سوتے سوتے ایک دم چونک اُٹھے۔ بالکل چِت لیٹے ہُوئے تھے۔ چندا ماموں کی صاف اور چمکیلی روشنی میں، نیند کی ماتی، ادھ کُھلی آنکھوں سے ہم نے دیکھا کہ ایک نہایت ہی کالی سیاہ، موٹی سی، لمبی سی، چمکیلی سی چیز ہمارے سینے پر رینگ رہی ہے۔ پہلے تو سوچا کہ یُوں ہی پڑے رہیں۔ لیکن وہ چیز وہ کالی سیاہ اور چمکیلی سی چیز دھیرے دھیرے گردن کی طرف آ رہی تھی۔ ہم نے زور سے نعرہ مارا مگر آواز حلق ہی میں اٹک کر رہ گئی۔ آخر بڑی مشکل سے ہمّت کی اور ایک دم اِس کالی سیاہ، چمکیلی اور موٹی سی چیز کو دونوں ہاتھوں میں پکڑ لیا اور زور سے بولے "گھک گھک گھک گھک۔"

ہمارے پاس ہی امّی جان اور خالہ جان کے پلنگ تھے اور کچھ دُور ابّا جان سو رہے تھے۔ تینوں گھبرا

کر اُٹھ بیٹھے۔ امّی نے ہمیں سینے سے چمٹا لیا اور بولیں: "کیا ہُوا میرے بیٹے! کیا ہُوا میرے لال!"

ہم بتاتے کیا خاک۔ ڈر کے مارے ہوش و حواس گُم تھے۔ بس گھک گھک گھک کیے جا رہے تھے۔

امّی جان نے فوراً اپنا وظیفہ شروع کر دیا: "اللہ کی اماں، پیروں کا سایہ، دوست شاد، دُشمن ناشاد۔۔۔"

ابّا جان نے ڈانٹ کر پُوچھا: "بولتا کیوں نہیں؟ آخر ہُوا کیا؟ یہ ریما کی چُٹیا کیوں پکڑ رکھی ہے؟ اسے تو

چھوڑ۔" سب لوگ پریشان تھے مگر سیما مُنھ میں دوپٹّا ٹھونسے ہنسنے کی کوشش کر رہی تھی۔

"آخر یہ معاملہ کیا ہے؟" ابا جان جھلا کر بولے۔ "اِس کے ہاتھ میں سیما کی چٹیا کیسے آئی؟ اور آئی تو اس نے شور کیوں مچایا اور شور مچایا تو اب خاموش کیوں نہیں ہوتا؟"

سیما بولی: "خالو جان! میں بتاؤں مگر پہلے بھائی جان کے ہاتھ سے میری چُٹیا چھُڑوا دیجیے۔ سخت درد ہو رہا ہے۔"

ابّا جان نے ہماری مٹھیاں کھول کر اُس کی چُٹیا چھُڑا دی۔ ہم ابھی تک آنکھیں پھاڑے، مُنھ کھولے، ٹانگیں پھیلائے اور ہاتھ اُٹھائے اُلّو کی طرح گھور رہے تھے۔

سیما بولی: "بات یہ ہُوئی خالو جان کہ مجھے لگی پیاس۔ میں پانی پینے کے لیے بھائی جان کے سرہانے آئی۔ گلاس میں پانی بھرا اور ان کی چارپائی پر بیٹھ کر پینے لگی۔ اِتّفاق سے میری چُٹیا اِن کے سینے پر پڑ گئی۔

یہ سمجھے کہ سانپ ہے اور خواہ مخواہ ڈر گئے۔

"لاحول ولا قوۃ ——" ابا جان ہنسنے لگے۔

خالہ جان بولیں "بیٹی! تیری چٹیا بھی تو دس گز لمبی ہے۔ توبہ ایسے بال بھی ہم نے کسی کے نہیں دیکھے —— جا اب جا کے سو جا ——

صبح ہوئی تو ہم نے ریما کی خوشامد کی کہ اس واقعے کا کسی سے ذکر نہ کرنا۔ مگر توبہ وہ ریما ہی کیا جو مان جائے۔ اُس نے سارے محلے کو یہ بات بتا دی اور ہوتے ہوتے ہمارے اسکول کے لڑکوں کو بھی ہماری بہادری کا یہ قصّہ معلوم ہوگیا اور کئی مہینوں تک ہم شرم سے سر جھکائے جھکائے پھرے۔

باادب باملاحظہ ہوشیار

شاہی محل کے گھڑیال نے ٹن ٹن بارہ بجائے تو باورچی خانہ کا دربان زور سے چیخا "با ادب باملاحظہ ہوشیار ! شہنشاہوں کے شہنشاہ۔ اعلیٰ حضرت فرمانروائے "اندھیر نگر" کھانا تناول فرمانے تشریف لاتے ہیں۔"

خادموں نے کھانے کے کمرے کا دروازہ کھول دیا اور بادشاہ سلامت اپنی ملکہ کے ساتھ بڑی شان سے اندر داخل ہوئے۔ کمرے کے بیچوں بیچ کھانے کی میز اس طرح چمک رہی تھی جیسے کسی گنجے کی تیل لگی کھوپڑی۔ ملکہ نے پہلے تو اِدھر اُدھر

آنکھیں پھاڑ پھاڑ کر دیکھا پھر بادشاہ سلامت سے بولیں "اے حضور! ہماری نظریں دھوکا کھا رہی ہیں یا سچ مچ کھانے کی میز کھانے سے خالی ہے؟"

بادشاہ سلامت چیخ کر بولے "یہ کیا مذاق ہے؟ کہاں ہے باورچی خانے کا مینیجر؟ زندہ یا مردہ فوراً ہمارے سامنے پیش کیا جائے۔"

مینیجر میز کے نیچے سے باہر نِکلا اور ہاتھ باندھ کر بولا "ح ح حضوُر غلام حاضر ہے ۔"

ملکہ بولیں "حاضر کا بچّہ ۔ کھا جاؤں گی کچّا بارہ بج گئے اور کھانا ابھی تک نہیں لگا؟"

مینیجر ہاتھ جوڑ کر بولا "حضوُر ! جان کی امان پاؤں تو کچُھ عرض کروں ؟"

بادشاہ سلامت بولے " امان ہے ۔ امان ہے ۔ تمُھاری سات پشتوں کو امان ۔جلدی بولو ، مابدولت کو بھوک لگ رہی ہے ۔"

مینیجر بولا " اے حضوُر ! باورچیوں نے ہڑتال کر دی ہے ۔ سب کے سب کام چھوڑ کر بھاگ گئے ؟"

ملکہ اُچھل کر بولیں " بھاگ گئے ؟ کیوں بھاگ گئے ؟ کہاں بھاگ گئے ؟ کیسے بھاگ گئے ؟"

مینیجر بولا "حضوُر ! دو تو سائیکل پر چڑھ کر بھاگ گئے ۔تیسرا پیدل رفو چکّر ہو گیا اور چوتھا"

ملکہ پیر پٹخ کر بولیں "بے وقوف ! ہم پوُچھتے ہیں کیوں بھاگ گئے ؟"

مینجر بولا "حضور! وہ کہتے تھے کہ ملکہ عالیہ نے ہمارا ناطقہ بند کر دیا ہے۔ ایک تو مرچیں بہت زیادہ کھاتی ہیں۔ دُوسرے کوڑی کوڑی کا حِساب لیتی ہیں اور کبھی ہم بھُولے بھٹکے سودے میں سے دو چار آنے کھا لیتے ہیں تو ہمیں چلچلاتی دُھوپ میں مُرغا بنا دیتی ہیں۔ ایسی نوکری سے ہم بھر پائے۔ ہم جانتے ہیں آج کی تنخواہ بھی معاف ــــــ"

یہ سُن کر ملکۂ عالیہ نے اِتنی غضب ناک صُورت صُورت بنائی کہ بے چارہ مینجر تھر تھر کانپنے لگا۔ محل کی دیواریں لرزنے لگیں اور گھنٹا چلتے چلتے ایک دم رُک گیا۔ نتھنے پھُلا کر بولیں "سُن رہے ہیں بادشاہ سلامت؟ ــــ اِن نمک حراموں کو ایسی خوف ناک سزا دیں کہ ان کی سات پُشتیں یاد رکھیں۔"

بادشاہ سلامت زور سے کڑکے "ارے کوئی ہے؟ ــــ وزیرِ اعظم کو زندہ یا مُردہ فوراً ہمارے

سامنے پیش کیا جائے۔"

تھوڑی دیر بعد وزیر اعظم صاحب کانپتے لرزتے کمرے میں آئے اور ہاتھ باندھ کر بولے "جہاں پناہ! غلام حاضر ہے۔"

بادشاہ سلامت بولے "سنو! ہمارا حکم غور سے سنو! شہر میں جتنے باورچی ہیں۔ زندہ یا مردہ سب کو فوراً پھانسی پر چڑھا دیا جائے۔"

وزیر اعظم صاحب نے جھک کر تین سلام کیے۔ اور اُلٹے پاؤں واپس چلے گئے۔

بادشاہ سلامت پیٹ پر ہاتھ پھیر کر بولے "اب کیا ہو گا؟ مابدولت کا تو بھوک کے مارے بُرا حال ہے۔ کیوں نہ آج کسی ہوٹل میں کھانا کھایا جائے۔"

ملکہ گردن اکڑا کر بولیں "نہیں، آج ہم خود کھانا پکائیں گے تاکہ ہماری رعایا کو معلوم ہو کہ بادشاہ کام چور اور نکمے نہیں ہوتے۔ وہ کام کرنا بھی جانتے ہیں۔ آیئے۔ باورچی خانے میں چلیں۔"

دربان نے باورچی خانے کا دروازہ کھول دیا۔ اور زور سے چیخا "با ادب با ملاحظہ ہوشیار! شہنشاہوں کے شہنشاہ اعلیٰ حضرت اندھیر نگر کھانا پکانے تشریف لاتے ہیں۔"

ملکہ بولیں "کھانا تو میں پکا لوں گی لیکن حضور کو بھی کوئی نہ کوئی کام کرنا چاہیے۔ فرمائیے۔ آپ میری کیا مدد فرما سکتے ہیں؟"

بادشاہ سلامت بولے "ہم کھانا ختم کرنے میں آپ کی مدد فرما سکتے ہیں۔"

ملکہ غصے ہو کر بولیں "جہاں پناہ! یہ کیا فرما رہے ہیں۔ ملکہ کھانا پکائیں گی تو آپ کو بھی ان کا ہاتھ بٹانا پڑے گا۔ چلیے آپ چولھا سلگایئے۔ میں ترکاری کاٹتی ہوں۔"

یہ حکم سن کر بادشاہ سلامت نے مجبوراً وہ چغہ پہنا جسے پہن کر شاہی باورچی کھانا پکاتے ہیں۔ بدقسمتی سے بادشاہ سلامت کا قد بہت چھوٹا تھا اور چغہ بہت بڑا۔ آپ سر سے پیر تک اس

چُغے میں چُھپ گئے اور بالکل ایسے معلوم ہونے لگے جیسے کوئی مُردہ قبرستان سے اُٹھ کر بھاگ آیا ہو۔

اب بادشاہ سلامت تو چلے چولھا پھونکنے اور ملکہ عالیہ نے ترکاری کے لیے نعمت خانے کا پٹ کھولا۔ سارا نعمت خانہ چھان مارا مگر سوائے ایک ٹوٹے ہوئے انڈے اور ایک سڑے ہوئے آلو کے اور کچھ نہ مِلا۔ بہت جھلّائیں۔ نوکروں کو آواز دینا چاہتی ہی تھیں کہ دروازہ کھلا اور دربان اندر آ کر بولا:

"حضور! مُورکھ نگر کے راجا۔ مہاراج ادھیراج بھوج اور مہارانی چندر متی پدمنی بے ہوش تشریف لائے ہیں۔"

ملکہ خوش ہو کر بولیں "سُنتے ہیں جہاں پناہ! مہاراج تشریف لائے ہیں۔" جہاں پناہ بولے۔ "سُنیں کیا خاک؟ چُولھا پھونکتے پھونکتے مابدولت کی ناک جل گئی۔ جاؤ! انھیں ملاقاتی کمرے میں بٹھاؤ۔ کہنا بادشاہ سلامت چُولھا جلا کر ابھی

تشریف لاتے ہیں۔"

ملکہ بولیں "حضور بھی کمال کرتے ہیں۔ مہاراج سُنیں گے تو کیا کہیں گے۔ کبھی عقل سے بھی کام لیا کیجیے۔"

بادشاہ سلامت توند پر ہاتھ پھیر کر بولے "عقل ہوتی تو کوئی کام کرتے۔ بادشاہی کاہے کو کرتے۔"

ملکہ سُنی اَن سُنی کر کے بولیں "حضور جا کر ان کا استقبال کریں۔ ہم ابھی آتے ہیں۔"

کچھ تو بھوک اور کچھ مہاراج کی آمد۔ اِن سب باتوں نے بادشاہ سلامت کو گھبرا دیا اور آپ باورچیوں والا چُغہ پہنے ہوئے ہی مہاراج سے ملنے چل کھڑے ہوئے لیکن جب مُلاقاتی کمرے کی سیڑھیاں اُترنے لگے تو دامن پیروں میں اُلجھ گیا اور آپ قلابازیاں کھاتے ہوئے مہاراج کے قدموں میں جا گرے۔

مہارانی بے ہوش موٹر میں سے اپنا بٹوہ لینے گئی ہوئی تھیں۔ مہاراج کمرے میں اکیلے تھے۔ وہ بے چارے سیدھے سادے، سمجھے کہ بادشاہ سلامت نے ان کے بیٹھنے کے لیے گاؤ تکیہ بھیجا ہے۔ یہ

سوچ کر وہ جھٹ بادشاہ سلامت پر چڑھ کر بیٹھ گئے ۔ بادشاہ سلامت نے جو یہ آفت اپنے اُوپر نازل ہوتے دیکھی تو اُٹھنے کے لیے زور لگایا۔ اس گڑبڑ میں دونوں چُغنے میں لپٹ گئے اور لڑھکتے ہُوئے صوفے کے نیچے جا گھُسے ۔ ادھر تو یہ تماشا ہو رہا تھا اور اُدھر ملکۂ عالم بن سنور کر مہارانی چندرمتی پدمنی بے ہوش کے ساتھ اندر تشریف

لائیں۔ مگر جب کمرہ خالی دیکھا تو بہت حیران ہوئیں۔ بولیں "ارے! یہ جہاں پناہ اور مہاراج کہاں چلے گئے؟"

مہارانی بولیں "شاید باغ میں ہوں۔ میں تو تھک گئی ہوں۔ تھوڑی دیر بیٹھوں گی۔ آپ ہی آ جائیں گے۔"

یہ کہہ کر مہارانی اسی صوفے پر بیٹھ گئیں، جس

کے نیچے بادشاہ سلامت اور مہاراج کُشتی لڑ رہے تھے مگر ابھی پُوری طرح بیٹھنے بھی نہ پائی تھیں کہ نیچے سے بادشاہ سلامت چیخ کر بولے " ارے میرا سر... اُف میرا سر ٹوٹا۔" مہارانی ایک دم اُچھل پڑیں اور حیران ہو کر صوفے کو دیکھنے لگیں کہ اتنے میں مہاراج پُکارے " ارے کوئی بادشاہ سلامت کو بُلاؤ۔ یہ بھُوت میرا گلا گھونٹ رہا ہے۔" ملکۂ عالم اور مہارانی یہ چیخیں سُن کر گھبرا گئیں اور بے تحاشا شور مچانے لگیں۔

اب یہ حالت تھی کہ مہاراج بادشاہ سلامت سے پیچھا چھُڑانے کی لاکھ کوشش کریں مگر پھنسے میں اِس بُری طرح اُلجھ گئے تھے کہ کِسی طرح الگ ہی نہ ہوتے تھے۔ اس گُتھم گُتھا اور دھکم دھکا کی وجہ سے صوفہ سارے کمرے میں ناچا ناچا پھر رہا تھا۔ یکایک دروازہ کھُلا اور دربان اندر داخل ہُوا۔ اس نے جو صوفے کو کمرے میں چکر لگاتے دیکھا تو بھُوت بھُوت کہہ کر بھاگنے لگا۔

ملکۂ عالم ڈانٹ کر بولیں: "کم بخت! دیکھ تو یہ کیا گڑ بڑ ہو رہی ہے۔" ملکۂ عالم کی ڈانٹ سے دربان ٹھہر گیا اور اس نے صوفہ اُلٹ کر بادشاہ سلامت اور مہاراج کو علیحدہ کیا۔ اب دونوں سُورماؤں کی حالت دیکھنے سے تعلق رکھتی تھی۔ بادشاہ سلامت کا چُغہ پھٹ پھٹا کر برابر ہو گیا تھا۔ صرف ایک دھجی گلے میں لٹک رہی تھی۔ پاجامے کا ایک پائینچہ مہاراج کھا گئے تھے اور دُوسرا دِھینگا مُشتی میں اُوپر چڑھ گیا تھا۔ مہاراج کو دیکھ کر تو سرکس کے کِسی مسخرے کا دھوکا ہوتا تھا۔ تھوڑی دیر تک دونوں ایک دُوسرے کو گھُورتے رہے پھر مہاراج بولے: "ارے جہاں پناہ آپ؟" اور بادشاہ سلامت پیٹھ سہلا کر بولے "کوئی بات نہیں مہاراج! غلطی ہو ہی جاتی ہے۔ آپ کو کوئی چوٹ تو نہیں آئی؟"

مہاراج کراہتے ہوئے بولے "جی نہیں حضور! صرف ذرا سی ناک پچک گئی ہے۔"

بادشاہ سلامت غصّے سے بولے "یہ سب اس چُغنے کا قصور ہے ۔ ۔ ۔ ۔"

مہاراج نے کہا "جی ہاں ۔ لیکن حضور! آپ نے یہ چُغنہ پہنا ہی کیوں تھا؟"

بادشاہ سلامت کچھ کہنا ہی چاہتے تھے کہ دربان نے آکر عرض کی "حضور! کھانا تیار ہے۔"

"کھانا ۔۔۔۔؟" بادشاہ سلامت نے حیرت سے کہا۔

"کھانا ۔۔۔۔؟" ملکہ نے تعجب سے پوچھا۔

"جی ہاں حضور!" دربان نے سر جُھکا کر کہا۔ "باورچی کام پر واپس آگئے ہیں ۔ وہ کہتے ہیں۔ ہم سے غلطی ہو گئی ۔ حضور معاف فرمائیں ۔"

"یہ نہیں ہو سکتا ۔" ملکہ تن فن کر بولیں "بادشاہ سلامت کا حُکم ہے کہ تمام باورچیوں کو پھانسی پر چڑھا دیا جائے ۔"

بادشاہ سلامت جلدی سے بولے "ملکۂ عالم! صبح سے ہم بھی بھوکے ہیں اور آپ بھی - پھر مہاراج بھی آج ہمارے مہمان ہیں - ہماری رائے میں باورچیوں کا قصور معاف فرما دیا جائے - کیوں مہارانی صاحبہ ؟"

مہارانی مٹک کے بولیں "اے حضور! صدقے جاؤں - بالکل ٹھیک کہا آپ نے -"

بادشاہ سلامت نے کڑک کے حکم دیا "کھانا میز پر لگایا جائے - آج ہم یعنی اعلیٰ حضرت حضور پُرنور شاہِ اندھیر نگر مہاراج ادھیراج بھوج اور مہارانی چندر متی پدمنی بے ہوش کے ساتھ کھانا تناول فرمائیں گے -"

واہ رے عقل مند!

ایک بادشاہ کو اپنی عقل مندی پر بہت ناز تھا اس کا خیال تھا کہ وہ بہت چالاک اور ہوشیار ہے اور دُنیا میں کوئی شخص اسے بے وقوف نہیں بنا سکتا۔ ایک دن اس نے دربار میں اکڑ کر کہا "خدا نے ہم جیسا عقل مند اور سمجھ دار شخص آج تک پیدا نہیں کیا۔ اگر کوئی ہے تو وہ سامنے آئے۔ اگر اس نے ہمیں بے وقوف بنا دیا تو ہم اسے دس لاکھ روپیہ اِنعام دیں گے لیکن اگر وہ ہار گیا تو اس کی گردن مار دی جائے گی۔"

انعام کا سُن کر بہت سے لوگوں کا من للچایا

مگر گردن مارے جانے کے خوف سے خاموش ہو رہے۔ آخر ایک دیہاتی نے ہمت کی وہ دربار میں پہنچا اور بولا "جہاں پناہ! میرا نام شکرو ہے۔میں موضع چار سو بیس تحصیل دھوکا پور ضلع فریب نگر کا رہنے والا ہوں۔ چال بازی اور دھوکا بازی

میرا خاندانی پیشہ ہے۔"

"خوب خوب!" بادشاہ بولا "اگر تم نے اپنی چالبازی سے ہمیں بے وقوف بنا دیا تو ہم تمھیں دس لاکھ روپے

دیں گے۔ لیکن اگر ہار گئے تو تمھاری گردن مروڑ دی جائے گی۔ منظور ہے؟"

"منظور ہے۔ جہاں پناہ!" شکرو نے سر جھکا کر جواب دیا "مگر حضور میں اپنے ہتھیار گھر چھوڑ آیا ہوں اگر حضور اجازت دیں تو لے آؤں۔"

"ہتھیار کیسے؟" بادشاہ نے تعجب سے پوچھا۔

"حضور میرے پاس کچھ ہتھیار ہیں۔ انھی کی مدد سے میں لوگوں کو بے وقوف بناتا ہوں۔ وہ ہتھیار بہت وزنی ہیں۔ انھیں لانے کے لیے کم سے کم ایک سو گھوڑے چاہیئیں۔"

"گھوڑے ہمارے اصطبل سے لے لو۔" بادشاہ نے حکم دیا "اور ہتھیار لے کر جلد آؤ۔"

شکرو نے اصطبل سے گھوڑے لیے اور گاؤں جا کر ایک ایک گھوڑا سب دیہاتیوں میں بانٹ دیا۔ تھوڑے دن بعد وہ دو تین گاڑیوں میں بہت سا کاٹھ کباڑ بھر کر شاہی محل میں گیا۔ بادشاہ اس کا انتظار کر رہا تھا۔ دیکھتے ہی بولا "ہتھیار لے آئے؟"

ٹنکرو نے جواب دیا "جی ہاں حضور!"
اتنے میں بادشاہ کا کتا بھاگتا ہوا آیا اور ٹنکرو کی ٹانگ سونگھنے لگا۔ ٹنکرو نے اس کے منہ

سے کان لگایا اور ایک دم چیخ کر بولا "حضور غضب ہو گیا۔ ستم ہو گیا۔ میری بیوی سخت بیمار ہے۔ اُف میں کیا کروں۔ اسے کون دوا لا کر دے گا۔ ہائے ___ ہائے ___"
"تمھیں کیسے معلوم ہوا کہ تمھاری بیوی بیمار ہو گئی ہے؟" بادشاہ نے حیرت سے پوچھا۔

"حضور کے کُتّے نے ابھی ابھی مجھے بتایا ہے" شکرو نے جواب دیا۔

بادشاہ کو بہت افسوس ہوا۔ بولا۔ "جاؤ اصطبل سے ہمارا عربی گھوڑا لے لو اور بیوی کی دوا دارو کا بندوبست کر کے جلد آؤ۔"

شکرو نے گھوڑا تو ایک سوداگر کے ہاتھ بیچا اور ایک مریل سا گدھا خرید کر دوسرے دن دربار میں پہنچا۔ بادشاہ نے گدھا دیکھا اور چونک کر بولا "وہ ہمارا گھوڑا کہاں گیا؟"

شکرو نے کہا "جہاں پناہ! وہ گھوڑا تھا کہ کوئی جن۔ چلتے چلتے ایک دم گدھا بن گیا۔"

"یہ کیسے ہو سکتا ہے" بادشاہ غُصّے ہو کر بولا۔
"وہ گھوڑا پانچ سال سے ہمارے پاس تھا اور کبھی گدھا نہیں بنا۔"
"حضور مانیں یا نہ مانیں۔ مگر ہے یہ سچ بات۔" شکرو نے کہا۔ "دیکھیے وُہی لگام ہے۔ وہی کاٹھی ہے اور گدھے کا رنگ بھی گھوڑے جیسا ہے۔"
بادشاہ بولا "بڑے تعجب کی بات ہے۔ اچھا خیر کوئی بات نہیں۔ اب تُم کوئی ایسی چال چلو کہ ہم دھوکا کھا جائیں۔"
شکرو مُسکرایا اور بولا "حضور چالیں تو میں چل چُکا۔ میں نے حضوُر کو تین دفعہ بے وقوف بنایا ہے"
بادشاہ سٹ پٹا کر بولا" ہمیں بے وقوف بنایا؟ کس طرح ؟"
شکرو نے کہا" حضوُر پہلے میرے تین سوالوں کے جواب دیں۔
"پہلا سوال : کیا حضوُر نے کبھی کسی کو بے وقوف بنانے کے لیے کوئی ہتھیار اِستعمال کیا ؟"

"نہیں" بادشاہ نے جواب دیا۔
"تو پھر میں کس طرح کر سکتا تھا؟" شکرو نے کہا۔
"یہ میری پہلی چال تھی اور حضور میرے پھانسے میں آ گئے۔"
"دوسرا سوال: حضور نے کبھی اپنے گتّے کو باتیں کرتے سنا؟"
"نہیں —" بادشاہ نے جواب دیا۔
"تو پھر وہ میرے ساتھ کیسے بات کر سکتا تھا؟" شکرو بولا "یہ میری دوسری چال تھی اور حضور دھوکے میں آ گئے۔
"تیسرا سوال: حضور نے کبھی کسی گھوڑے کو گدھا بنتے دیکھا ہے؟"
"نہیں —" بادشاہ نے جواب دیا۔
"تو پھر حضور کا گھوڑا کس طرح گدھا بن سکتا تھا؟" شکرو نے کہا: "یہ میری تیسری چال تھی۔ میں نے حضور کو ایک دفعہ نہیں تین دفعہ بے وقوف بنایا۔ اب حضور اپنا وعدہ پورا کریں۔"

بادشاہ نے سر جُھکا لیا۔ تمام درباری مُنہ نیچے کیے ہنس رہے تھے۔ بادشاہ نے شکرد کو دس لاکھ روپیہ دیا اور پھر کبھی بڑا بول نہیں بولا۔

آہاہاہاہا

خدا معلوم سچ یا جھوٹ۔ کہتے ہیں افریقہ میں ایک چھوٹا سا گاؤں تھا۔اس گاؤں میں عجیب عجیب باتیں ہوتی تھیں۔ایک دن ایک کسان اپنے کھیت میں نلائی کر رہا تھا کہ ایک آلو زور سے چیخ کر بولا: "کسان کے بچّے۔آہستہ آہستہ کھرپی چلا۔ تو نے تو مجھے زخمی کر دیا۔ اُف۔"

کسان بڑا حیران ہوا۔ اُس نے اِدھر اُدھر دیکھا۔ سر کھجایا اور گائے کی طرف دیکھ کر بولا "تو نے کچھ کہا۔؟" گائے جگالی کر رہی تھی۔ آہستہ سے بولی "میں نے تو کچھ نہیں کہا۔" کتا بولا "آلو کہتا تھا

آہستہ آہستہ کھرپی چلا۔"

اب تو کِسان کی بِٹی گُم ہو گئی۔ ڈر کے مارے تھر تھر کانپنے لگا۔ اس نے گھبرا کر کھرپی زمین پر پٹخی اور بھاگ کھڑا ہُوا۔ راستے میں ایک جُلاہا مِلا، جو سر پر کپڑوں کی گٹھڑی رکھے شہر جا رہا تھا۔ کِسان کو بھاگتا ہُوا دیکھا تو آواز دی "ارے بھائی! ذرا ٹھہرنا۔ یہ دیوانوں کی طرح کیوں بھاگ رہے ہو۔ ایسی کون سی مُصیبت آ گئی؟"

کسان ہانپتا ہوا بولا "کیا بتاؤں میں اپنے کھیت میں نلائی کر رہا تھا کہ آلو بولا "کسان کے بچے۔ آہستہ آہستہ کھرپی چلا۔ تو نے مجھے زخمی کر دیا۔ اُف۔" میں نے گائے سے پوچھا "تو نے کچھ کہا؟" گائے بولی "میں نے تو کچھ نہیں کہا۔" پھر میرا کتا بولا " آلو کہتا ہے آہستہ آہستہ کھرپی چلا۔"

"آہا ہاہا" جولاہے نے بڑے زور کا قہقہہ لگایا۔ بولا "ارے عقل کے اندھے۔ کہیں بے زبان بھی باتیں کرتے ہیں۔ جا۔ جا کر اپنے سر کی مالش کرا۔" یکایک جولاہے کی گٹھڑی ہلی اور اس میں سے آواز آئی "اتنی زور سے نہ ہنس۔ میری طبیعت خراب ہے۔"

جولاہے نے گھبرا کر گٹھڑی نیچے پھینک دی اور اب دونوں بے تحاشا بھاگنے لگے۔ تھوڑی دور جا کر انھیں ایک مچھیرا ملا، جو کندھے پر جال رکھے دریا کی طرف جا رہا تھا۔ اس نے ان دونوں کو روک کر پوچھا "خیر تو ہے۔ بگٹٹ کیوں بھاگے جا

رہے ہو۔ کوئی شیر پیچھے لگ گیا ہے؟"

کِسان نے تھوڑا دم لیا۔ پھُولی ہُوئی سانس ٹھیک کی اور پھر بولا "ارے بھیّا۔ غضب ہو گیا۔ میں اپنے کھیت کی نلائی کر رہا تھا کہ ایک آلو بولا "آہستہ آہستہ کھرپی چلا۔ تُو نے تو مجھے زخمی کر دیا۔ اُف۔" میں نے گائے سے پُوچھا "تُو نے کچھ کہا؟" گائے نے کہا "میں نے تو کچھ نہیں کہا۔" کتّا بولا "آلو نے کہا تھا کہ آہستہ آہستہ کھرپی چلا۔"

جولاہا بولا "میں نے کِسان کی یہ بات سُنی تو ہنسی آ گئی۔ جانتے ہو پھر کیا ہُوا؟ میری گٹھڑی